AF221405

Steirische Berggorillas

Sonja Kollegger

Bibliografische Informationen der Deutschen Nationalbibliothek:
Die Deutsche Nationalbibliothek verzeichnet diese Publikation in
der Deutschen Nationalbibliografie; detailliierte bibliografische
Daten sind im Internet unter http://dnb.dnb.de abrufbar.

Herstellung und Verlag
BoD – Books on Demand, Norderstedt

ISBN: 978-3-7526-2370-3

„Phantasie ist wichtiger als Wissen,
denn Wissen ist begrenzt, Phantasie
aber umfasst die ganze Welt"

(Albert Einstein)

Inhalt

Laonghoorschimmlkas
mit Pözmountl

In St. Kathrein am Hauenstein unternahmen wir eine Wanderung zur Bioziegenkäserei. Belohnt wurde die Gruppe mit einem wunderschönen Ausblick auf die umliegenden Berge und einen strahlenden Himmel. Die Bäuerin ist ein echtes steirisches Unikat. Sofort habe ich sie mit ihrer unverblümten und humorvollen Art in mein Herz geschlossen.

Sie zeigte uns die Ziegen im Stall und begann mit einem Ziegenquiz. Bernadette zeigte uns die Melkmaschine und erklärte: "Das Gerät wird rauf gegeben, da entsteht ein Vakuum und das ist nicht so stark, sonst wäre gleich die ganze Ziege weg!"

Jo untereinander sind sie ned so nett. Wenn sie nicht zur Gruppe gehören, dann kann es schon einmal passieren, dass es aufgeschlitzte Bauchdecken und blutige Euter gibt. - „Ihr habt ja Raubkatzen!", kommentierte ich den rauen Umgang der Ziegen untereinander.

„Wie viele Zitzen haben die Ziegen?", wollte Bernadette wissen. „Genau 2"

„Wie viele Mütter und Väter gibt es?", erkundigte sich Mohamed. „Wie in einem Harem: Wir haben 140 Mütter und 6 Väter", gab die Jungbäuerin preis.

„Kunibert war wüd schirch aber super. Des wor mei erster Ziegenbock und der wor echt ka Schenheit, aber er wor so super. I hob a Freundin gobt, die hot ihn ned megn und des hot mir taugt. Wal i hob sie ned megn", erzählte uns die Ziegenspezialistin.

"Di Kotz hot a Glokal uma, wal sie so vüle Schwolbn gfressn hot! Dey is a Feinspitz. Sie is untam Fensta gstaundn, und die Schwalben san einigflogn in den Stol. Do hot er si nur runta fangen brauchen!"

„Ahh, also nicht Running-Sushi, sondern Flying-Birds!", kommentierte ich.

Wir setzten uns an einen Tisch zusammen, der im Schatten eines Nussbaumes steht. Die liebevolle angerichtete Käseplatte lachte uns an, denn sie hat alle möglichen Varianten des steirischen Ziegenkäses zu bieten.

Da gibt es Weichkäserollen mit Paprika, Knoblauch, Kürbiskerne und Pfeffer, dann gibt es einen Camembert, einen Natur-Fetakäse sowie einen richtig lang gereiften Rauchkäse. Sara, ein siebenjähriges Madl, die mir schon sehr ans Herz gewachsen war, meldete sich zu Wort:

„Das schaut schön aus. Da sind ja Blumen drauf. Kann man die essen? Hast du sie auch gewaschen?" Schlagfertig äußerte Bernadette: "Ja, gewaschen und geföhnt!" Die Käsebeauftragte erklärte uns die Herstellung des Käses und meint:" Wenn der Kas flauschig ist, dann ist er fertig!"

"Es ist ein Langhaarschimmelkäse, der hat einen Pelzmantel an", grinste Robert, der gerade ein Stück davon probierte.

"Der Langhaar taugt ma mehr als der Kurzhaar!", stellte Maria, eine Mutter, fest, die gerade ein Stück Käse verdrückt hat.

Die Ziegenmilch wurde in Becher gegossen und an uns verteilt. Wir ließen sie uns schmecken und ein genüssliches „Mh" ging durch die Runde.

„Die schmeckt ja richtig gut!", rief Marcel.

„Die Schafsmilch ist fettreicher als die Ziegenmilch. Wenn du eine Schafsmilch trinkst und mit der Zunge über den Gaumen fährst, dann schlogt die Zungen glei so hin und her!", fachsimpelte die Bäuerin.

Selbstgemachte Pommes Frites

Oft hatten wir am Ende des Monats einen leeren Kühlschrank, leider war das Portemonnaie meiner Eltern ebenfalls gähnend leer.

„Bald ist der erste des kommenden Monats, dann haben wir wieder Geld. Die vier Tage müssen wir irgendwie durchkommen!", war die Ansage meiner Mutter. Das war ich gewohnt und motivierte mich, wenn das Geld da ist, gibt es wieder allerhand Süßigkeiten und einen halbwegs vollen Kühl- und Vorratsschrank.

Ich war gerade mal sechs Jahre alt als mein Onkel Peter, der Bruder meines Vaters, uns einen Besuch abstattete. Es war Ende des Monats und wir waren nicht auf Besuch eingestellt. Ich denke auch, dass für meinen Onkel der Ausdruck „Ende des Monats" bedeutete, knapp bei Kasse zu sein. Aber meine Mutter war eine begnadete und leidenschaftliche

Köchin und konnte quasi aus Nichts etwas zaubern.

„Sonja, lauf runter in den Keller und hole ein paar Kartoffeln rauf. Nimm aber die großen!", forderte mich meine Mutter auf.

Wir wohnten in einer alten Villa gegenüber der Papierfabrik. Am Abend war es in den alten Gemäuern recht gruselig, besonders im Keller.

„Mama, ich habe Angst."

Mit den Worten „Aber jetzt lauf schon, ich mache uns leckere Pommes.", versuchte es meine Mutter erneut.

Natürlich lockten mich die knusprigen Kartoffelstäbchen, aber der uralte Keller jagte mir Angst ein.

„Geh jetzt endlich. Das Öl wird schon heiß!", befahl sie mir eindringlich und drückte mir einen Korb in die eine Hand und den Schlüssel in die andere. Augen zu und durch dachte ich mir, und lief die Stufen hinunter. Hastig sperrte ich das Vorhängeschloss auf und öffnete die Tür zu unserem Kellerabteil. Schnell schaufelte ich die

Kartoffeln in den Korb und rannte wieder die Stufen zur Wohnung hinauf.

"Die erste Partie ist gleich fertig!", äußerte sie, während sie das Gitter mit den schwimmenden Fritten aus dem Topf holte. Sie ließ es zuerst abtropfen und dann schüttete sie die Kartoffeln auf den Teller, der mit Klopapier austapeziert war. Das war 1985 und die Küchenrolle war noch nicht erfunden oder einfach viel zu teuer.

Zum Schluss noch eine Prise Salz draufstreuen und eine Portion Ketchup dazu. Das beste Essen aller Zeiten war angerichtet! Ich hatte die Ehre, die ersten Pommes zu bekommen, nachdem ich die Kellermission erfolgreich ausgeführt hatte.

Meine Mutter wusch die erdigen Kartoffeln ab, schälte sie und schnitt sie zuerst in Scheiben und dann in Stifte. Ich beobachtete sie und fand es großartig, wie sie aus so wenig so eine tolle Speise zauberte. Innerhalb der nächsten Stunde frittierte sie so viele Pommes Frites der Reihe nach. Mein Vater und mein Onkel genossen sie genauso wie ich. Auch meine Mutter konnte sich von diesen leckeren Pommes nicht satt essen. Die ganze Wohnung verwandelte sich in ein 5 Sterne Restaurant und der exquisite Duft der Wunderspeise umgarnte uns. Dank der leckeren Kohlenhydrate waren wir alle wohl auf und rundum zufrieden. Es wurde geplaudert. Und ich war völlig happy und legte mich gestärkt ins Bett.

Katze namens Katze

So lieb schauten die kleinen Kätzchen von Marlenes Oma aus. Sie waren semmelbraun und weiß. Insgesamt hatte die Katzenmama drei Junge geworfen, diese waren zu verschenken. Die Nachbarin und Freundin Marlene hat die Katzen mit in die Siedlung gebracht, um sie den Kindern zu zeigen. Es war das Jahr 1989, ich war zehn Jahre alt und habe mich sofort in ein Kätzchen verliebt. Während ich sie streichelte, breitete sich ein wohliges Gefühl der Freude in meinem Körper aus. Diese Welle der Liebe entsprang aus meinem Herzen, bis es die letzte Zehenspitze erreichte. Es ist eine Stimmung der Glückseligkeit, die man nur als Kind spürt, wenn man Tiere so sehr liebt. Ein so süßes Tierchen zu halten und zu liebkosen, ist einfach wunderbar! Das Fell war samtig-weich und die

Pfoten noch klein. Die Fellknäueln im Kindersitz meiner Schwester gemütlich gemacht.

„Mama darf ich eine Katze haben?", flötete ich und versuchte meine blauen Augen blitzschnell in Rehaugen zu verwandeln.

„Schauen wir mal!", war die vorübergehende Antwort. Nach einer Stunde Geschmuse und Streicheleinheiten wurde auch ihr Herz butterweich.

"Ja, du darfst eine haben!", willigte sie ein.

„Juhu!" - ich freute mich riesig. Endlich habe ich mein eigenes Haustier. Ich taufe sie auf den Namen „Minki". Nachdem sie aber die nächsten Wochen überhaupt nicht auf den Namen hörte, rief ich sie irgendwann einfach nur mehr „Katze". Auf diesen Namen reagierte sie sofort und so wurde Minka mit ihrem Familiennamen "Katze" gerufen.

Sie durfte auch in den Garten und lief dort herum, am Spielplatz und wenn ich mit der Packung Trockenfutter schüttelte, kam sie promt zurück.

Als meine Schulfreundin Tanja auf Besuch war, fragte sie: „Wie heißt denn dey Kotz?"

„Katze", antwortete ich.

„Ja, ich sehe, dass es eine Katze ist, aber wie heißt sie?", erkundigte sie sich abermals.

„Katze", gab ich wahrheitsgemäß von mir.

„Haha, sehr lustig! Geh jetzt - sog schu! Wie haßt dey Kotz?"

„Sie heißt wirklich Katze!"

„Des is ned mehr lustig, Sonja. Verot ma ihrn Nouman!", stöhnte meine beste Freundin.

„Sie heißt Katze, weil sie nur auf den Nouman hert! Probiers aus. Ruaf sie moi!", forderte ich die Ungläubige auf.

Tanja schüttelte ihren Kopf und rief die Katze:" Katze, Katze!"

Der semmelbraune Wirbelwind rannte schnurstracks zu uns und schmiegte sich an unsere Beine.

„Siagst, hob i jo gsogt!"

„Des wor sicha nur a Zufoll. I was ned, warum du ma ihrn Nouman ned sogn wüßt! Kounst schu aufhern mit deim Schmäh!"

Na dann frag meine Mama oder meine Schwestan!", forderte ich sie auf.

„Frau Kollegger, darf ich Sie wos frogn?"

„Jo sicha, Tanja!"

„Wie haßt den die Kotz?"

„Katze" heißt unsere Katze.

Die Zauberfolie

Schon früh hatte ich einen intensiven Bezug zum Papier-Material entwickelt. Von seinem vielseitigen Verwendungszweck und den Einsatzmöglichkeiten war ich von Kindesbeinen an fasziniert.

„Jetzt bekommst du ein Blatt Papier und Buntstifte. Du darfst etwas zeichnen!", eröffnete Mama mir feierlich die Malstunde. Zaghaft hielt ich den Buntstift in meiner Hand und kritzelte etwas aufs Papier. Mama zeigte es mir vor und ich ahmte ihre Kunst nach. Jeder kann seine eigene, kleine Welt auf einem Blatt Papier kreieren, das beflügelte mich.

Stundenlang saß ich, zeichnete und mit der Zeit entstand immer mehr auf der weißen Fläche. Meistens erklärte ich meiner Mutter das Gezeichnete. Dann entstanden sogenannte Kopffüßler und abstrakte Gebilde. An einen Tag kann ich mich noch genau erinnern, als mir meine Mama eine Mama-Maus malte und daneben ihre Kinder. Sie schienen für mich lebendig zu sein und auf dem Blatt hin und her zu huschen. Das war besser als fernzusehen. Mama erzählte mir dazu eine Geschichte und zeichnete auch das Mauseloch: „Da wohnt die Mäusefamilie."

Daraufhin versuchte ich die nächsten Wochen die Mäuse nachzuzeichnen und mir weitere Geschichten auszudenken.

Meine Mutter verschwand im Wohnzimmer und holte ein „Zauberblatt". Die Vorderseite hatte graue Zeichen und die Rückseite war dunkelblau bis schwarz. Auf der Vorderseite war eine Dame abgebildet, die auf einer Schreibmaschine tippte.

„Mit der Folie kann man zaubern!", rief sie aufgeregt.

Sie schob unter dieser Wunderfolie ein leeres, weißes Blatt Papier und darauf legte sie ebenfalls ein Blatt.

Dazwischen – wie ein Sandwich – lag dieses Zauberblatt.

"So, jetzt male ich Mama-Maus.", kommentierte meine Mama ihre kreative Tätigkeit. Sie zog ein großes Oval und darauf ein Köpfchen mit Ohren und einem Mauseschwänzchen. Daneben die Kinder, natürlich viel kleiner.

Für die nächsten Tage und Wochen war ich so fasziniert, dass ich viel zeichnete und deswegen mussten wir immer wieder eine Folie bei der Trafik kaufen. Zigaretten kaufte meine Mutter und wenn ich besonders brav war, gab es eine Kopierfolie, also eine Zauberfolie, für mich. Ich zeichnete immer mehr Bilder und vertiefte mich in die Technik des Druckens.

Rohbau und Eierspeis

Leider war nur der Rohbau fertig und dann passierte nichts mehr. Stillstand. Auf Eis gelegt. Als Kind spielte ich dort im Garten und pflückte Blumen. Meine Eltern hatten immer irgendetwas für den Bau zu tun. Für mich war es wunderbar hier. Ich konnte malen und spielen. Kein Problem, auch wenn ich mit den Wasserfarben kleckerte.

Eine Packung 3D-Brillen hatte mein Vater einmal bekommen. Es waren Brillen, die aus weißem Karton ausgeschnitten wurden. Eine Seite war mit roter Folie beklebt und die andere mit grüner Folie. Man konnte sie auf die Nase stecken. Das war ein super Spielzeug für mich. So konnte ich die grauen Ziegeln in einem grünen und einem roten 3D-Farbspektrum begutachten. Der Himmel und die Wolken erschienen greifbar nahe. Wenn ich mein linkes

Auge zukniff, sah ich die Umwelt in einem tiefroten 80er Jahre Rot und wenn ich das andere Auge schloss, war alles dunkelgrün.

Eine Brille bekam ich meistens von ihm geschenkt, wenn wir uns beim Rohbau aufhielten. Auf diese sollte ich Acht geben! Ich behandelte sie stets wie einen Schatz und war von ihr fasziniert.

Nachdem wir den ganzen Tag am Bau verbracht hatten, bereitete meine Mutter ein simples Mahl zu. Auf einem alten Ofen, den mein Vater mittels einer Kabelrolle mit Strom aus dem Baustromkasten versorgte, briet sie in einer Pfanne Eier. Normalerweise konnte ich Eierspeise überhaupt nicht riechen und schmecken. Ich liebte weich oder hart gekochte Eier, aber für die gab es noch kein Wasser. Fließendes Wasser gab es noch nicht im Haus. Mein Magen knurrte. „Sonja magst auch ein Spiegelei mit Brot?"

„Nein, danke!", mir grauste vor Spiegeleiern und aß an meinem trockenen Stück Brot. Meine

Eltern aßen genüsslich ihre frisch-gebratenen Spiegeleier, währenddessen ich an der langweiligen Brotscheibe nagte. Mit einem großen Schluck Mineralwasser aus der grünen Pfandflasche versuchte ich es irgendwie, das Brot samt seinem Brotgeschmack hinunterzuspülen.

„Kann ich doch ein Ei haben?", bat ich meine Mutter.

„Ja, natürlich!", rief die gelernte Köchin und schlug das Ei am Pfannenrand auf. Das Öl war noch heiß und so war das Spiegelei in wenigen Minuten fertig. Ich bekam es auf einem Teller serviert und kostete sofort davon. Wundervoll. Noch nie hatte mir ein Spiegelei so gut geschmeckt.

„Zur Not frisst der Teifl Fliagn!", lachten meine Eltern.

Ich wunderte mich. „Wo ist der Teufel?", erkundigte ich mich ängstlich.

„Das ist nur ein Sprichwort.", sagte meine Mutter.

„Warum frisst der Fliegen? Schmecken sie ihm so gut?", wollte ich wissen. Dass meine Eltern den Teufel und seine Essmanieren kannten, wunderte mich. Meines Wissens lebte der tief unter der Erde. „Na man sagt einfach so. Es ist eine Redewendung. Jetzt hast du so einen großen Hunger gehabt, dass du sogar ein Spiegelei gegessen hast.", erklärte mir meine Mutter. Ganz verstand ich den Zusammenhang zwischen dem Teufel und mir nicht. Noch weniger zwischen den Fliegen und den Eiern. Erwachsene leben eben in ihrer eigenen Welt!

Heißluftballon-Gruß von Oben

Ich kann mich gut daran erinnern, als ich hinten am Rücksitz im Senf gelben Toyota 1000 saß, während meine Mutter den Wagen lenkte. Plötzlich rief sie mir zu: „Schau, Sonja. Ein Heißluftballon." Ich legte die Puppe, die ich in Händen hielt auf die Sitzbank und rückte näher zum Fenster. Durch die Scheibe suchte ich den Himmel nach einem Ballon ab. Dort konnte ich nur ein paar Schäfchenwolken ausmachen.

„Da oben, schau da!", Freude und Aufregung lag in ihrer Stimme, sie deutete auf einem Punkt hoch oben. Da war das Wunderwerk der Luftfahrt, ein tiefroter Heißluftballon, der majestätisch und wie von Zauberhand in den Lüften hing.

„Wink hinauf!", forderte mich meine Mutter auf und ich erhob meine Hand zum Gruß, bezweifelte aber, dass mich die Menschen meine Hand sehen könnten. Aber ich schickte im Gedanken einen Gruß hinauf. Und dachte mir still: „Hallo! Wie ist es da oben?"

„Wunderschön und alles sieht so klein aus!", bekam ich als Antwort in meinen Kopf.

„Siehst du die Menschen, die drinnen sind?", erkundigte ich mich bei meiner Mama.

„Nein, aber sie sind in dem Korb, siehst du den Korb?", wollte meine Mutter wissen.

„Ja", antwortete ich meiner Mutter.

„Das ist ja toll, dass wir einen Heißluftballon sehen!", strahlte meine Mutter wie die Sonne.

„Können wir auch fliegen?", sang ich aufgeregt.

„Mit dem Heißluftballon fährt man, obwohl es aussieht wie fliegen. Wenn du groß bist, kannst du vielleicht auch einmal damit fahren!"

Für mich war es auch etwas Besonderes einen Ballon zu sehen, vor allem war mein Zeichen im Kindergarten ein Luftballon.

Wie es den Menschen da oben wohl ergeht? Haben Sie gar keine Angst? sind meine Gedanken.

Über der Erde zu schweben und ein Teil des Himmels zu sein. Wie der Ballon vom Wind gezogen wird und wohl die Erde von dort aussieht?

Der Wagen fuhr die Straße entlang und der Ballon wanderte eine Weile neben uns, bis er hinter einen Berg verschwand. „Ich kann ihn nicht mehr sehen!", teilte ich traurig meiner Mama mit.

„Vielleicht sehen wir nächstes Wochenende wieder einen. Jetzt ist Herbst und da ist die Saison für Ballone", versuchte meine Mutter mich zu beruhigen.

„Ja, hoffentlich."

Wir haben immer wieder mal einen Ballon in den hohen Lüften erspäht. Sie waren immer in verschiedenen Gewändern gekleidet, einmal orange, rot, blau, gelb oder sogar in den Regenbogenfarben. Den Bunten fand ich besonders schön!

Auch meine Schwestern hatten denselben Bezug zu den Ballons. Als unsere Mutter die

Erde verließ und davon schwebte da wussten wir.

„Seid nicht traurig, immer wenn ihr einen Heißluftballon seht, dann wisst ihr, dass sich in eurer Nähe bin!"

Letztens als ich bei einer lieben Freundin war, saßen wir am Hügel und beobachteten die Weiten. Da erblickten wir zuerst einen Heißluftballon. Ich freute mich und erkannte das Zeichen meiner Mutter. Dann tauchte ein zweiter auf und noch ein dritter.

Also für jede Tochter ein Ballon! Habe sofort meine Schwestern angerufen und es ihnen erzählt.

Gruß von der Mama!

Urgroßmutter und ihre Hühner

Bis zu meinem zweiten Lebensjahr lebten wir bei meiner Oma am Bauernhof. Meine Eltern und ich wohnten in einem Zimmer mit einer schrägen Dachnische. Da gab es noch die Urgroßmutter, die sich mit uns das erste Stockwerk teilte. Meine Oma, mein Opa und meine zwei Onkel wohnten im Erdgeschoss. Meine Tante war bereits ausgezogen und wohnte mit ihrem Verlobten zusammen.

Das Bauernhaus ist 1640 erbaut worden und gehört zu den ältesten Häusern unserer Gemeinde. Natürlich wurde es im Laufe der Jahre immer wieder renoviert und sieht heute sehr schick aus.

Meine Eltern waren sehr jung, Mama 20 Jahre und Papa 18 Jahre. Papa besuchte noch die HTL. Am Bauernhof war genügend Platz für die ganze Familie. Meine Urgroßmutter war 76

Jahre alt und eine sehr liebe Frau. Meinen Urgroßvater, Omas Mann, habe ich leider nicht mehr kennengelernt. Er ist vor meiner Geburt gestorben. Erstaunlicherweise hießen meine Urgroßeltern sowohl mütterlicherseits als auch väterlicherseits Josef und Maria.

Maria genoss es vom Balkon aus das Treiben am Hof zu beobachten. Majestätisch wie eine Königin grüßte sie alle Leute vom Balkon aus, die auf den Hof kamen. Es gibt sogar ein Foto, auf dem meine Urgroßmutter mich in ihren Händen hält. Sie sitzt im Schaukelstuhl vorm Haus. Als ich acht Monate alt war, ist sie gestorben.

Als ich am Tag endlich schlief und auch meine Eltern sich hinlegen wollten, kamen die Geräusche des Bauernhofes erst richtig zur Geltung. Besonders das laute Gegacker der Hühner.

Meine Urgroßmutter Maria hatte es sich zum Hobby gemacht, Brotkrümel an ihr Volk zu verteilen. Wie es für eine Adelige gehört natürlich vom Balkon aus. Ihre untergebenen und geliebten Untertanen waren echte Hühner mit starken Flügeln, die zu ihr hinaufflogen. Sie statteten meiner Großmutter oft einen Staatsbesuch ab. Pickten die Krümel auf und gackerten, was das Zeug hielt. Für die Hühner gab es Neuigkeiten vom Hofe zu berichten und gackerten darüber. Ein paar Hühner bemerkten, dass meine Großmutter ihr Buffet im ersten Stock eröffnet hatte und spannten ihre Flügel aus. Mit erhobener Hühnerbrust starteten sie vertikal.

Sie landeten auf der hölzernen Balkonbrüstung und labten sich am Futter. Großzügigkeit wurde bei Frau Hopfer großgeschrieben und so legte sie noch eine Scheibe nach. Das Volk liebte ihre unermessliche Güte. Jetzt war schon eine ganze Hühnerschar bei der Großmutter am Balkon und machte richtig Krach. Da erwachte Klein Sternenkind und weinte. Meine Eltern waren darüber nicht begeistert!

Mein Onkel Hansi stattete täglich der Großmutter einen Besuch ab. Er brachte ihr das Mittagessen und sorgte für Konversation.

Eines Tages war es still, als er ihr Zimmer betrat. Das Wasser, das sich im Topf mit dem Ei am Herd befand, war schon verdampft. Er schaltete den Herd aus und erblickte die Uroma am Boden liegen. Sie sah friedlich aus und war bereits auf der königlichen Reise ins Paradies.

Das Hühnervolk gackerte von nun an noch lauter in Erinnerung an ihre Königin.

Mein Onkel und der Geyer

Am Bauernhof gibt es immer etwas zu entdecken und ich habe es mir zur Angewohnheit gemacht, zu meinem Onkel zu fahren, um Milch zu holen. Jeden zweiten Tag erscheine ich am Hof mit den Speiseresten der Schule. Es ist ein ideales Futter für die Schweine. Aber auch die Hühner freuen sich riesig, wenn es Futter gibt.

Besonders der knackige Salat, der bei mir übrig bleibt, den verputzen sie in wenigen Augenblicken.

Mein Onkel zeigt mir den Platz für die Hühner hinter dem Stall und er leert den Kübel mit Salat aus. Oh, da kommen sie schon dahergelaufen und fangen an, den Salat aufzupicken.

Der Platz sieht interessant aus, denn er ist überall mit Absperrband bespannt. Nicht nur um den Auslauf, sondern auch drüber. Also in Zick-

Zack Linien über die Wiese ist das Band gespannt und schlägt leichte Wellen im Wind. Oberhalb von uns kreist ein Bussard, der seine Kampfschreie von oben auf uns herablässt: „Piu, Piuuuu".

Onkel Hansi schaut dem Himmel entgegen und grinst:" Du do oben gib a ruah!

„Will der die Hühner fressen?", frage ich erstaunt, denn die Hühner sind recht groß.

„Jo, desholb hob i des so gspount. Da koun er ned loundn und a ned starten!"

„Ach so. Der geht auf die großen Hühner?"

„Jo, letztens hot er ans ghobt. Des is do glegn mit an kaputtn Aug. Des hob i dann wieder aufpepplt.

„Aha, des hot er gor ned umbrocht?"

„Na, normalerweise reißt er gleich den Bauch auf, aber die Hen hot er beim Aug dawischt. I bin kumman do hob i ma schon gedocht do passt wos ned. Wahrscheinlich hob i ihn gstört und er ist obgrauscht."

„Aha."

„Die oundan Hianer worn olle im Stoll und hobn si versteckt.", erklärt er mir.

„Piu, piu!", schallt es wieder vom Himmel zu uns herab. Der wunderschöne Greifvogel schwingt ehrwürdig seine Runden über uns und der Hühnerschar.

„Jo, du schrei nur, du Geyer! Meine Hehnan kriagst ned!", ruft mein Onkel hinauf zum Vogel.

„Piu, piu!", ruft das Raubtier aus der Luft und ist sichtlich verärgert über den Einfallsreichtum meines Onkels.

„Gibts eh genug Födhosn und Meis am Föd zum Schlogn", ist mein Kommentar zum Speiseplan des majestätischen Vogels. Irgendwie erinnert mich die fliegende Gestalt an Ronja Räubertochter und die Flugwesen, die Ronja fressen wollen. Als Kind habe ich im Garten und im Wald oft die Abenteuergeschichten nachgespielt.

In der Luft kreist der Greifvogel und wir widmen uns wieder unserem Alltag. Ich springe in mein Auto, fahre heim und bereite mir einen kräftigen

Kaffee mit Milchschaum zu. Als ich einen Schluck davon nehme, muss ich über meinen Onkel Hansi schmunzeln.

"Du Geyer du, lass meine Hennan in Ruh!"

Bea und der Bär

Meine Schwester und ihr jetziger Mann wanderten von Österreich ans Meer. Der Weg führte zumeist durch die slowenischen Wälder. Bea hatte die ganze Reise über Angst vor Bären, deswegen hatte Peter einen Pfefferspray gegen Wildtiere gekauft. Als sie von einem englischsprechenden Bauern eingeladen wurden, bekamen sie Schnaps und er erzählte den Reisenden seine Bärengeschichten.

Sein damals siebenjähriger Sohn ist mit dem Rad gefahren, als er plötzlich eine Bärin und ihre zwei Jungen auf der Straße erblickte. Sofort bremste der Junge und blieb auf Abstand, die Bären bemerkte das Menschenkind und zog sich mit ihrem Nachwuchs zurück. Diese verschwanden im angrenzenden Wald. Gott sei Dank entschloss sich die Bärenmutter, dass das Menschenkind keine Gefahr für sie und ihren

Nachwuchs darstellte. So kehrte das große, sagenumwobene Tier ebenfalls in den Wald zu ihren Jungen zurück. Der junge Slowene machte eine Kehrtwendung und strampelte so schnell wie möglich heimwärts. Dort außer Atem angekommen, schilderte er seinen Eltern die Begegnung mit den drei Bären.

Ein Freund, der im Wald Holz fällen war, hatte leider nicht so viel Glück. Er wurde plötzlich von einem Bären angegriffen. Verwundet aber am Leben, schleppte er sich irgendwie in sein Auto und fuhr ins nächstgelegene Krankenhaus. Dort wurde er ärztlich versorgt und hatte Glück im Unglück.

Von den 5 Bärenangriffen in den letzten 20 Jahren in Slowenen, kamen alle mit dem Leben davon.

Als sie gerade wieder einmal durch den Wald wanderten, vernahm das verliebte Pärchen ein komisches Brüllen. Es glich einem Hirsch. An die Geräusche und das Brunftgegrunze war meine

Schwester gewohnt. „Des is a Bär!", merkte sie an.

„Aber geh, des bildest da nur ein!", tat es ihr Partner ab.

Als sie aus dem Wald herauskamen, erspähten sie ein Schild. Auf diesem war ein Bär abgebildet, auf dem in slowenischer Sprache "Buzor" stand. Die zwei sind durch das Bärengebiet spaziert und haben einen Bären gehört. Gott sei Dank haben sie den Bären nur gehört. Falls sie einem Bären im Wald begegnen würden, so würden sie langsam ihren Rucksack abstellen und ganz langsam die Bären-Zone verlassen. Der Bär würde nämlich am Inhalt des Rucksacks gefallen finden und nachschauen, was sie für Leckereien mitgebracht haben.

Vor jedem Bauernhaus saßen kleine Minibären aus Holz oder aus Ton. Die Slowenen scheinen das ehrfürchtige Tier zu lieben!

Im Turnsaal eingesperrt

Es war im Winter 1985 und ich besuchte die 1. Klasse Volksschule. Unser Turnunterricht fand im gegenüberliegenden Gebäude statt. Es war ein neuerrichteter Turnsaal. Wir zogen uns um. Buben und Mädchen in einer Umkleidekabine. Nach dem Turnunterricht zogen wir uns wieder um und das nervte mich sehr. Denn ich trug eine dicke Wollstrumpfhose, diese klebte an der Haut fest. Es schien mir unmöglich, sie hochzuziehen. Besonders nachdem die Haut verschwitzt war. Eine Plaudertasche, wie ich es war, unterhielt sich gerne mit den KlassenkollegInnen. Alle anderen waren sehr rasch beim Umziehen, ich war meistens die Letzte. Ich kämpfte oft mit meiner Strumpfhose. Das Ding war kaum zu bändigen. Die Strumpfhose kam mir wie ein achtarmiger Oktopus vor, obwohl sie nur für zwei

Füße Platz hatte. Die Maschen glichen Saugnäpfe.

Während sich die Klasse im Gang anstellte, vernahm ich noch die Stimme der Lehrerin: "Sind alle da?"

„Ja", riefen die Kinder voller Inbrunst wie beim Kasperl Theater. Wobei ich in der einsamen Kabine lauthals „Nein" krächzte.

Keiner hörte mich. Raus konnte ich auch schlecht mit der halb rauf gezogenen Strumpfhose. Erstens hätte ich mich blamiert und zweitens wäre ich gestolpert. Die werden ja nicht ohne mich gehen, dachte ich mir und schaute, dass ich einen Zahn zulegte.

Als ich fertig war, war niemand mehr da. Keine Menschenseele! Sofort lief ich zur Glastür, doch diese war verschlossen. Was soll ich machen? Vielleicht wollten sie mir ja einen Streich spielen und haben sich irgendwo im Turnsaal versteckt. Ich suchte alles ab, auch im Geräteraum, aber es war niemand da. Es würde sicher auffallen, dass ich fehlte. So wartete ich an der Glastüre und hoffte auf zahlreiches Erscheinen. Ich wollte mich durch mein Klopfen bemerkbar machen. Dachte aber: Gott sei Dank ist die Glasscheibe da, durch die man mich sehen kann.

Es war große Pause und wenn ich Glück hätte, würde eine Klasse in den Garten gehen und dann würden sie mich entdecken. Aber es war zu kalt und es kam niemand vorbei. So wartete ich eine Weile und es vergingen 20 Minuten, bis die Lehrerin mit dem Schlüssel in der Hand kam. Ich war mir sicher, dass ihr mein Fehlen auffallen würde. „Hast du Angst gehabt?", wollte die besorgte Lehrerin wissen.

„Nein", antwortete ich ihr und war schon erleichtert, dass sie eine gewissenhafte Frau war, die sich um mein Wohl sorgte.

„In der großen Pause ist es mir nicht aufgefallen, aber als die Stunde anfing, dachte ich zuerst, du bist am Klo. Nachdem du nicht aufgetaucht bist, machte ich mir Sorgen."

"Warum hast du nicht gerufen?", als ich danach fragte, ob alle da sind.

„Hab ich ja, aber es hat mich keiner gehört."

„Warum bist du nicht herausgelaufen?"

„Konnte ich wegen der Strumpfhose ned."

„Gott sein Dank ist dir nichts passiert!", sie schien erleichtert zu sein, dass ich keine Panik bekommen hatte. Ein schlechtes Gewissen plagte sie.

„Na gemma wieder in die Klasse zurück. Die anderen warten schon auf dich."

Wir kehrten plaudernd zurück.

Lausbubenstreich in der Klosterschule

Georg war ein Lausbub und besuchte 1993 die Hauptschule der Schulschwestern in Graz. Meistens hat er Schabernack in der Schule angestellt und war berüchtigt für diese. Die Nonnen waren nicht sonderlich begeistert von so viel Wirbel in ihren Gemäuern. Eine dachte jedoch anders über den Jungen.

Bei jeder Kleinigkeit hatte Schwester G. ihn auf dem Kika und krachte immer wieder mit dem ungehorsamen Bub zusammen. "Was sind das für Sitten an unserer Schule?", dachte sie sich.

Die Lage spitzte sich einen Tag vor Schulschluss zu. Es war ein Donnerstag und die Sonne schien stark auf den Eggenberger Schlossgarten. Man konnte die Pfaue rufen hören. Die Schulglocke schnarrte mehr als sie klingelte, als wäre sie schon ihres Dienstes überdrüssig. Der

Klassenvorstand betrat das Zimmer und sah einen umgeschmissenen Mistkübel. Der Abfall, es waren lediglich zwei Papierflieger, verteilte sich auf dem Parkettboden.

„Georg, warst du das?", beschuldigte die Schwester den Jungen.

„Nein, das war ich nicht! Wirklich nicht, ich schwöre es.", verteidigte sich der Schüler.

„Doch du warst es! Das wird ein Nachspiel haben. Jetzt müssen wir aber pünktlich zum Gottesdienst."

Der Beschuldigte kochte innerlich. Rache war ein nicht sehr christliches Instrument, welches in ihm aufflammte. Die Nonne führte die Klasse in den Westblock, wo sich die hauseigene Kapelle befand. Eine Packung Reißzwecken lies er unbemerkt in seine Hosentasche gleiten. Georg positionierte sich exakt hinter seinem Klassenvorstand. Es waren Holzsessel, die in den ersten Reihen aufgestellt waren. Die Feierlichkeit begann mit einem Lied. Als es besonders langweilig wurde, zog der Jüngling die Reißzwecken aus seiner Tasche. Die schwarze Robe der Ordensschwester lag wallend wie ein dunkles Meer über dem hölzernen Möbelstück.

Langsam und geräuschlos beugte sich der Knabe nach vor und steckte die Zwecken durch den dunklen Stoff, bis sie sich ins Holz bohrten. Nach und nach steckte er die Metalldornen in das feste Gewebe der Robe. Sorgfältig arbeitete er sich durch den Gottesdienst bis er einen halbrunden Kranz aus bunten Reißzwecken am Sessel kreiert hatte. Das müsste genügen, um sie am Sessel festzunageln, dachte sich der Junge.

Rache ist bekanntlich süß und es kam zuckersüß!

Zum Gebet erhoben sich alle, alle außer der festgenagelten Schwester. Als sie sich erheben wollte, blieb sie stecken. "Eigenartig", dachte sie sich und versuchte es abermals, nur etwas kräftiger. Da machte es ein lautes „Ratsch" und der Stoff war kaputt, einige Nägeln fielen auf den

Boden und ein Raunen ging durch die Reihen. „Uh" erklang es seitens der Schwestern und die SchülerInnen begannen zu kichern. Ein Tumult entstand.

Die Nonne hätte am liebsten den Lausbub mit einem Tritt aus der Schule befördert. Er wurde der Schule verwiesen und das noch dazu am vorletzten Schultag.

Er musste am Freitag nicht mehr in die Schule gehen. Das Zeugnis bekam er trotzdem. Heute ist er ein braver Bauingenieur.

Du Kuh du!

Ein anderes Mal stellte die 28-Jährige ihre Laufschuhe zum Verkauf ins Netz. Diese sind nur zweimal getragen worden und der Verkaufspreis war mit 20 Euro für Markenschuhe, die wie neu aussahen, niedrig.

Deshalb war die Anfrage groß und es meldeten sich mehrere Frauen. „First come first serve" und so erschien nach wenigen Stunden eine Dame bei Nina, bezahlte und die Ware wurde ausgehändigt.

Nina wollte soeben das Inserat löschen, als eine Anfrage reinkam.

Da schrieb ihr eine: " Sind die Schuhe noch zu haben?"

„Nein, gerade verkauft."

„Was?"

„Sie sind weg."

„Ich will sie haben!"

„Sie sind nicht mehr da. Tut mir leid!"

„Du Kuh du.", schrieb die Interessentin, dann kam noch ein schöner Mittelfinger als Symbol hinterher.

Nina musste diese Unverfrorenheit und Unverschämtheit sofort mitteilen und rief mich an. Nachdem sie mir den Chatverlauf vorgelesen hatte, mussten wir beide lachen.

„Das kann nur mir passieren!", lautete ihr Kommentar.

„Wir müssen da was machen. An deiner Ausstrahlung arbeiten, denn du ziehst solche Leute echt magisch an. Lass dir nichts mehr gefallen und gib ihnen auch Parole!"

„Ja, du hast recht! Ich bin immer viel zu gutmütig mit den Leuten", ist ihre Erkenntnis.

Seitdem trainiere ich sie und coache sie im Umgang mit schwierigen Situationen und im Umgang mit frevelhaften Menschen. Es ist besser geworden. Keiner hat mehr „Du Kuh du!" geschrieben.

Alles ist gut

Gestern war ich beim Grab meiner Mutter und sinnierte. Wahrscheinlich war es der richtige Zeitpunkt, dass die als Lungenkranke vor 1,5 Jahren mit ihrem Heißluftballon zum Himmel steuerte. Die letzte Fahrt sozusagen.

Sie wurde die letzten sieben Jahre mit Sauerstoff versorgt und lag meistens im Bett. So gut ich konnte, half ich ihr im Haushalt und machte Besorgungen. Während meiner Bildungskarenz wohnte ich eine Zeit lang im Haus und wir verbrachten eine schöne Zeit miteinander.

Den Garten gestaltete ich mit voller Liebe und pflanzte Blumen an. Die Löwenmäulchen waren sehr putzig und schienen uns förmlich anzulachen. Die Gladiolen waren sehr edel und leuchteten in vielen verschiedenen Farben.

Mama brauchte nur beim Fenster rauszuschauen, um sich der bunten Flora zu erfreuen.

Mit dem Smartphone schoss sie ein paar Fotos und ließ sie entwickeln. Dann schenkte sie mir die Fotos und sagte: "Falls ich mal nicht mehr bin, hast du die Fotos zur Erinnerung."

Das machte mich traurig und ich ärgerte mich auch oft über sie. Wenn sie doch nie geraucht hätte!

Sie verbrauchte täglich zwei Packungen Zigaretten. Als Kind weinte ich öfters und bat sie mit dem Rauchen aufzuhören.

„Brauchst nicht weinen. So schlimm ist das nicht. Mir geht es gut!", war ihre Antwort und sie nahm mich in ihre Arme. Ich drückte mich fest an sie und wollte sie für immer halten.

Die Zigaretten schmeckten ihr leider zu gut und sie ignorierte meine warnenden Argumente.

Ich kann mich noch genau erinnern, wie sie mir aus den kleinen Pixie Büchern vorlas. In der Trafik bekam ich ab und zu eines. Eines war der

Klassiker „Aschenputtel" und das junge Mädchen ging öfters zum Grab der Mutter, welches unter dem Baum lag.

So sah ich auch das Grab meiner Mutter unter einem Baum liegen. Als der Herr Pfarrer uns zwei Gräber zur Auswahl stellte, war es uns drei Schwestern klar. Es ist der Platz unter dem Baum auf dem neuen Teil des Friedhofes, der eher an einen Park erinnert. Der Platz ist wunderschön und nur wenige Meter vom Parkplatz entfernt. Genauso hätte es sich unsere Mama vorgestellt. Beim Gehen bekam sie schwer Luft und es erschöpfte sie sehr.

Gestern war mir klar, dass es keinen anderen Zeitpunkt gegeben hätte. Alles ist gut, so wie es kommt. Daraufhin spazierte ich zum Grab meiner Oma und es wurde mir bewusst, dass sie schon 13 Jahre weg war. Dann dachte ich an zwei liebe Freundinnen, die auch schon im Himmel sind. Ich hatte das Gefühl, als würden sie vor mir stehen und mir Kraft spenden. Jede einzelne Person spendete in dieser Zeit des

Umbruches neue Energie. Alles wird von oben gelenkt und ich vertraue auf Gott, Jesus und die allumfassende-menschliche Liebe.

Nina beim Check-in

Nina arbeitete eine Zeit lang bei einem Flughafen, dessen Namen ich hier nicht nennen werde. Es ist ein kleiner, feiner und leicht-überschaubarer Airport. Ihr Outfit bestand aus einer weißen, eleganten Bluse, einem schwarzen Rock, hochhackigen Schuhen und um den Hals war dezent ein rotes Tücherl gewickelt.

Nachdem sie mit dem Auto zur Arbeit gefahren war, weil die Dienste oft Teildienste waren und sie für 4 Stunden hindüste dann 3 Stunden frei hatte, um wieder 4 Stunden zu arbeiten, zog sie für die Autofahrt Turnschuhe an.

Nina wäre nicht Nina, wenn sie nicht die Flughafen-Schuhe vergessen hätte und mit ihrem eleganten Outfit - Turnschuhen inbegriffen - ihren Dienst antreten wollte.

„Was tragen Sie für Schuhe? Bitte fahren Sie sofort nach Hause und holen Sie Ihre schwarzen Absatzschuhe, wie es die Kleiderverordnung vorschreibt!"

Sie hüpfte ins Auto, machte eine Kehrtwendung und war innerhalb von einer halben Stunde wieder adrett und nett am Flughafengelände zugegen.

Da sie direkt seitens des Flughafenbetriebs angestellt war, arbeitete sie indirekt für alle Fluggesellschaften. Ihre Aufgabe war es, die Passagiere einzuchecken und die Koffer abzuwiegen und die Bordkarten auszustellen. Gelegentlich stand sie auch am Gate und machte das Boarding.

Beim Check-in für einen Flug nach München, ereignete sich folgende Geschichte:

Die Warteschlange war recht lang und Nina versuchte zügig zu arbeiten, um die Wartezeit der Passagiere zu verkürzen und unangenehme Beschwerden abzufedern. Als sie dabei war, einen Mann im schwarzen Anzug einzuchecken und dessen Bordkarte ausstellte, hörte sie den Kommentar:

„Ich bin Business Passagier, bitte tragen Sie meinen Koffer hinauf!", sagte jener Typ forsch zu ihr.

„Ha, guter Scherz!", antwortete Nina und lachte lauthals.

„Das war kein Scherz. Ich bin Business Passagier und möchte auch so behandelt werden. Also tragen sie den Koffer hinauf!", äußerte der junge Mann und zeigte auf seine Bordkarte.

„Egal, was auf ihrer Boardingkarte steht, ich mache meine Arbeit und checke hier die Passagiere ein!", konterte die taffe Lady.

Daraufhin ließ der Mann von ihr ab, drehte sich um und erspähte einen anderen Angestellten.

„Tragen sie meine Koffer rauf, ich bin Business Passagier", rief er dem Uniformierten zu.

Auch von ihm wurde der lästige und präpotent- wirkende Mann abgewiesen.

Ob er noch weitere vom Team angesprochen hat, wissen wir nicht. Wie er letztendlich seine Köfferchen in den ersten Stock transportiert hat, ist ebenfalls unbekannt. Ob er die Rolltreppe oder den Lift nahm, ist bis heute nicht geklärt. Auf jeden Fall trug der Mann zur Erheiterung aller Angestellten am Flughafen bei. Es sprach sich schneller als ein Lauffeuer herum. Das passiert auch nicht jeden Tag, dass ein gesunder Business Passagier nicht im Stande ist, sein 3 Kilo Handgepäck selbst zu tragen.

Arm sind sie schon - diese Business Passagiere!

I bin ka Schmugglwor!

Ich war 16 Jahre alt, als meine Eltern mit uns Kindern am Wochenende öfters nach Slowenien fuhren. Dieses Mal tschipierte nur mein Vater nach Slowenien, um das Auto günstig mit Diesel zu betanken und uns mit Tabak zu versorgen.

Damals war der Reisepass noch dunkelgrün und unter der Rubrik Kinder waren wir drei Töchter namentlich eingetragen. Ich selbst hatte noch keinen eigenen Reisepass, weil das meinen Eltern zu teuer war. Mein Name und mein Geburtsdatum standen im Pass meiner Eltern. Foto gab es von mir auch keines! Das kann man sich heute gar nicht mehr vorstellen, aber in den 90er Jahren war dies üblich.

Es war ein Sonntag, als wir über die Autobahn bretterten und die Grenze passierten. Unser erster Halt war eine Tankstelle. Bis wir an der Reihe waren, verging eine halbe Stunde. In der

Zwischenzeit hüpfte ich in den Duty-Free-Laden und kaufte Zigaretten. Papa war schon fertig und parkte vor dem Geschäft. Wir wollten gleich wieder zurück nach Hause.

Mein Vater händigte seinen Reisepass aus und der Wachmann sagte, er solle aussteigen, so gestikulierte es auch der Grenzposten. Deutsch konnte er nur ein paar Brocken. Und wir gar kein Slowenisch.

Dann deutete er mir, dass ich aussteigen muss, er ging ein paar Meter mit mir weg vom Auto. Das kam mir seltsam vor. Er erkundigte sich nach meinem Geburtsdatum und jener meiner Schwestern, die ebenfalls im Pass eingetragen waren. Als sich mein Vater uns näherte, war der Bedienstete sehr besorgt und rief:" Stopp!". Er deutete, dass mein Vater einen gewissen Abstand von ca. 3 Metern einhalten müsste. Daraufhin erkundigte sich der Wachmann nach dem Geburtsdatum meines Vaters und äußerte: "Okay?". Erst jetzt begriff ich, in welche Situation wir uns rein manövriert hatten. Der verantwortungsbewusste und sorgfältig-arbeitende Wachmann hielt meinen Vater für einen Verbrecher und mich für eine Entführte! Woran das lag? Mein Vater sah viel jünger aus und ich viel älter.

Daraufhin antwortete ich wahrheitsgemäß: "Ja, alles okay."

Und hatte schon Angst in Slowenien am Grenzposten bleiben zu müssen. Ganz alleine ohne ein Wort Slowenisch sprechen zu können. Oweh! Der Mann verschwand ins Büro und ließ uns stehen. Ein anderer uniformierter Grenzbediensteter sollte ein Auge auf uns werfen. Da stand ich nun auf der Grenze wie eine Ausgesetzte. Mensch, wenn ich nur die Sprache könnte und ihm alles erklären könnte. Es wurde alles genau überprüft. Der Pass ist mittels Computer überprüft worden. Es wurden auch einige Telefonate getätigt und ein anderer Wachmann, der Deutsch sprach, hinzugezogen. Dieser vergewisserte sich, ob ich auch die Tochter des Wagenlenkers sei. Nach einer gefühlten Ewigkeit durften wir dann weiterfahren.

Als mein Vater und ich im Wagen saßen und über die Grenze rollten, sprudelte es aus mir raus: "Jetzt hob i gounz schen oun gschwitzt! I hob mi schun am Postn übernochtn gsehn!"

„I glaub es wird echt Zeit, dass du dein eiganan Poß griagst!", konterte mein Vater.

Die verruchte Versicherungs-vertreterin

„Morgen kommt die Versicherungsvertreterin wegen des Wasserschadens und der Änderung bzgl. der Versicherung!", informiere ich meinen Vater.

„Ja, passt", war seine Antwort.

Pünktlich wie eine Schweizer Uhr läutet die junge, attraktive Dame. Mit einem Satz springe ich die Stiege hinunter und öffne ihr die Türe.

Frau Lendl hat ein freundliches Gesicht und dürfte gerade mal fünfundzwanzig sein. Blutjung, tolle Figur, dichtes Haar, strahlendes Lächeln und ein unwiderstehliches Parfum. Sie trägt einen Rock, eine elegante Strumpfhose und eine hübsche Bluse. Mit einem kräftigen Händedruck machen wir uns einander bekannt.

Ich bitte sie ins Wohnzimmer, dort packt sie ihren Laptop aus, auf dem sie alle Änderungen der Versicherungen gleich eingibt.

„Waren sie schon einmal hier? Haben Sie meine Mutter gekannt?", eröffne ich das Gespräch.

„Ja, ich war einmal hier und habe die Versicherung mit ihrer Mutter besprochen und angepasst."

„Wann war das?", möchte ich genau wissen.

„Vor drei Jahren", erklang die junge Stimme.

Wir gehen alles durch und sie fragt mich höflich: "War ihre Mutter krank?"

„Ja", antworte ich.

Dann fuhren wir fort und nach einer Weile sind wir auch schon wieder fertig.

„Ich bringe Ihnen die nächsten Tage die geänderte Versicherung vorbei, wenn Sie sie bitte von ihrem Vater noch unterschreiben lassen, dann hole ich sie unterschrieben wieder ab.

„Ich kann sie Ihnen auch eingescannt schicken." Es ist kein Problem. Ich komme hier eh wieder vorbei, wenn ich nach Graz ins Büro fahre.

„Okay gut. So machen wir es!", stimme ich dem Vorschlag zu.

Am Dienstag läutet es in der Früh und nachdem ich ein Morgenmuffel bin, schlurfe ich halb verschlafen die Stiegen hinunter. Öffne die Türe und eine Frau in roten Strumpfhosen, langen dunklen Haaren, einem dazu passenden Cape und rot-bemalten Lippen grinst mich an. Der Umhang hatte etwas Billiges an sich, er war aus einem grellroten Satin Stoff und erinnerte mich an ein spezielles Milieu.

„Guten Morgen Frau K., hier die aktualisierte Polizze wie versprochen."

„Danke!", stammle ich und bin total irritiert. "Wer ist diese Frau?", frage ich mich. Das kann unmöglich die adrett-brave Versicherungsvertreterin von Freitag sein.

Aber die Stimme ist die gleiche, das Auftreten so anders und verrucht. Ihr Aussehen ist sehr aufreizend und so gar nicht passend für den Beruf. Eher für einen Nachtclub, dafür würde ihr Dresscode passen. So ein Aufzug am helllichten Morgen? Vielleicht war sie ja auch das ganze

Wochenende unterwegs und ging gleich, ohne sich umzuziehen, in die Arbeit.

Meine Stirn legte sich in Falten und ich nahm die Papiere entgegen. Es hat mir meine Stimme verschlagen und ich musste mein Weltbild neu ordnen, dringend einen Kaffee trinken, um diese krasse Wandlung zu verdauen.

Die taffe Frau durfte meine leicht-ablehnende Reaktion bemerkt haben und verabschiedete sich mit einem Lächeln: „Auf Wiedersehen und noch einen schönen Faschingsdienstag!"

Ein Aktenkoffer voller Geld

„Hast du deinen Aktenkoffer mit?"

„Ja, hob i."

Ich habe dir die Zeitung reingelegt, vernehme ich die vertraute Stimme meiner Mutter während des hektischen, morgendlichen Treibens. Mein Vater und ich machen uns auf den Weg zum Bahnhof, wie jeden Morgen fahren wir nach Graz. Papa fährt in die Firma und ich besuche das Gymnasium.

„Zug fährt ein", ertönt es und ich mache mich bereit auf den Fahrtwind, den er mit sich bringt. Verhülle mich etwas mehr in meinen Mantel, aber helfen tut es nichts. Der Wind zerzaust meine Frisur, meine Haare werden aufgewirbelt und stehen in alle Richtungen.

Vaters Locken bekommen ebenfalls ein wildes Styling und das eiserne Ding bleibt endlich mit einem langen, metallenen Quietschen stehen.

Die übrigen, fleißigen Arbeitsameisen und wir werden vom eisernen Monster aufgenommen. Ein Wunderwerk der Industrialisierung.

Er ist maßlos überfüllt und deshalb bleiben wir nach dem Einstieg stehen. Da kommt ein Mann aus dem Klo heraus, versierte den Koffer an und erkundigte sich bei meinem Vater: „Was ist im Koffer?"

Meine Stirn zieht Falten und mein Vater schaut verdutzt. Wir sind beide überrascht und gleichzeitig finden wir es seltsam, dass jemand Interesse am Aktenkoffer hat.

„Jedenfalls keine Akten", gibt mein Vater als Antwort und der Typ verschwindet wieder so schnell, wie er aufgetaucht ist, ohne weitere Fragen zu stellen. Der Zug hält und unsere Wege trennen sich.

Am Abend als wir alle wieder in der Wohnung waren, kehrte mein Vater von der Arbeit zurück, hing seinen Mantel auf und stellte den Koffer ab.

„Ihr werdet es nicht glauben, jetzt ist mir am Bahnhof in Graz, jemand nachgegangen. Er hat verstohlen auf den Aktenkoffer geschaut und zögerlich nach dem Inhalt des Koffers gefragt."

„Echt?", äußerte ich.

„Ja, sehr eigenartig. Vielleicht vermuten sie eine Bombe als Inhalt.", denn zu dieser Zeit kursierten in Österreich Briefbomben. Der Bahnhof ist ein wichtiger Hauptknotenpunkt und das Hauptpostamt ist auch dort.

Er hat gefragt: „Ist da Geld drinnen?" Ich habe ihm wahrheitsgetreu geantwortet: Nein, nur Bürounterlagen. Sicherheitshalber habe ich ihm meinen Koffer ausgehändigt und ihn aufgefordert, er solle sich selbst vom Gewicht überzeugen. Der Typ hielt den Koffer in der Hand und meinte, er sei viel zu leicht, daher könnte es sich um einen Geldkoffer handeln.

„Schräge Leute gibt es! Den Koffer lasse ich nun zu Hause. Das war mir zu seltsam."

Der Trubel um den Aktenkoffer war somit beendet.

Als ich die Geschichte meinen Mitschülern erzählte, klärte mich Marlene auf. Im Radio haben sie einen Mann mit einem langen Mantel und Schnauzer beschrieben, der einen Koffer bei sich hatte. Wenn man ihm die Frage stellte: „Was befindet sich in dem Koffer?", dann habe man den Koffer mitsamt dem Inhalt gewonnen. Das war des Rätsels Lösung. Das Relikt aus den 70er bzw. 80er Jahren fristet seitdem sein Dasein im Keller. Seitdem ich ihn entdeckt habe, startet die Geschichte des mysteriösen Aktenkoffers erneut.

Baron Poldi

„Bist gefasst auf den Sturm auf die Bastille?", fragt mich mein Liebster, als wir bei der Einfahrt zu seinem Haus reinfahren. Gemeint ist der Kater, ich würde eher sagen, der Herr Baron.

Es ist ein Sir sondergleichen. Erhaben schreitet er heran, wohlgenährt und stets meckernd und mauzend.

Poldi, ein haariger Schmusetiger, ist sein Name. Zurzeit verliert er büschelweise sein Winterfell, vorzugsweise auf meiner schwarzen Leggins oder auf dem Küchentisch.

„Wenn ich weiter die Büscheln sammle, kömma mal a Wolle draus machen und im Winter an Pulli stricken", stelle ich fest.

Meine neue Flamme hat eine ganz besondere Beziehung zu seinem Kater.

In der Früh geht's schon los um 5:00, da miaut der Sir und will Fressen haben.

„Wos is? Gib a Ruah!", schimpft mein Schatz. Ich muss immer wieder schmunzeln. Er hat unzählige Kosenamen für den Vierbeiner.

Schau, wer da ist. Ich sag nur eins: vier Beine, ein Fellmonster!

So ein Verräter! Er hat bei dir geschlafen. Wann fährst du in die Schule arbeiten, denn mein Vater kommt sonst herüber und leistet Poldi Gesellschaft? Echt, der kommt extra rüber? Du kommst eh am frühen Nachmittag heim?"

Als Heinrich, der Vater von meinem Schatz, zu Besuch kommt, erzählt er: „Ich muss neben ihm stehen, sonst frisst er nicht!"

Poldi ist wirklich ein süßer Kater, aber in der Früh geht mir sein Gemautze echt am Wecker. Er meckert, dann steigt er auf meine Schulter, bis er Platz nimmt. Dann schlurfe ich die Stiegen hinunter. Sein Futtertrog, wie mein Schatz immer sagt, ist voll. Er will, dass du neben ihm stehst, sonst frisst er nix!

„Echt jetzt? So was!", frage ich verwundert nach.

Zurzeit kotzt er sich das Winterfell aus den Gedärmen. Ständig entleert er seinen Mageninhalt, vorzugsweise am Teppich. Jürgen entlässt ihn dann in den Garten. „Der soll draußen kotzen! Ned herinnen! Der kummt man ned ins Haus, bis die Speiberei vorbei is!", gibt er von sich.

„Das hat er immer einmal im Jahr, da kotzt er eine Weile und dann ist wieder alles gut.", lässt er mich wissen.

Poldi war sehr wohlgenährt, wie es sich für einen Baron gehört. Jetzt schaut er etwas lädiert drein, aber es wird schon wieder.

Ich streichle ihn und kuschle jeden Tag mit dem süßen, treuen Kater, der so käferliacht dreinschaut.

Beim Frühstückstisch tigert Poldi herum und wenn ich nicht mein Kaffeehäferl im Blick habe, versucht er den Milchschaum zu schlecken.

„Poldi!", ermahnt ihn Jürgen. Der Kater schaut unschuldig drein. Er legt sich aufs Fensterbrett und lässt die Sonne auf sein Fell scheinen.

„Magst du ein Brot?", flöte ich.

Ja, gerne. Ich hole das knusprig-getoastete Brot aus dem Grilltoaster und Jürgen beißt in das herzhafte Brot. Poldi steht plötzlich dicht neben ihm und schaut ihn flehentlich an!

Da bekommt er natürlich eine Scheibe Wurst ab. Mhh. - Das schmeckt!

Ich hebe ihn auf, drücke ihn sanft an mich und streichle ihn. Er schnurrt und schaut glücklich aus.

Poldi, unser Herr Baron, ist einfach wunderbar!

Shoppen mit 4

Ich kann mich gut erinnern, als meine Mama krank war und ich in den Kindergarten ging. Sie fühlte sich miserabel und schaffte es nicht, mich abzuholen. Die Tanten wussten auch nicht, was los war und eine Tante, die in der Nähe wohnte, brachte mich nach Hause.

Es war der Freitag vor dem Muttertag und ich brachte das Muttertagsgeschenk, welches wir im Kindergarten vorbereitetet hatten, nach Hause.

Es handelte sich um einen Gugelhupf, der in durchsichtigem Zellophan feierlich eingepackt war. Im Kindergarten gab es zwei Geschenke zur Auswahl, ein hübsches Wäschekluppensackerl oder einen Kuchen. Wenn meine Mutter gesund gewesen wäre, hätte ich mich für das Wäschekluppensackerl entschieden. Kuchen konnte meine Mutter für gewöhnlich selbst zaubern, da sie eine begnadete und gelernte Köchin war. Ich wollte sie aufmuntern, da sie schon seit ein paar Tagen im Bett lag und deshalb entschied ich mich spontan für den Kuchen.

"Bitte lass mich schlafen, ich muss mich erholen!", stöhnte sie kraftlos und drehte sich im Bett um. So versuchte ich mich mucksmäuschenstill zu verhalten. Ich spielte leise, malte etwas und blätterte in einem Buch. Etwas später schickte sie mich einkaufen. Beim Laden hatte sie bereits angerufen und der Verkäuferin mitgeteilt, mir beim Einkaufen behilflich zu sein. Die Dame packte mir alles ein, ich brauchte nur noch zu zahlen.

Du darfst dir eine Tafel Schokolade aussuchen. Die mit dem Dino, eine weiße Schokolade mit Crispes, liebte ich besonders. Meine Mutter wusste genau, wie viel die Lebensmittel kosteten und gab mir das Geld genau mit. Nicht mehr und nicht weniger. So spazierte ich den Hügel hinunter, auf die Hauptstraße und schlenderte am Gehsteig entlang, bis ich beim Greissler ankam.

Dort händigte ich der Verkäuferin die Einkaufsliste aus und sie packte die Lebensmittel in meinen Korb. Erst zuletzt holte ich mir meine Schokolade. Das Regal mit der Dino Schokolade war aber leer. Meine hungrigen Augen erspähten eine andere Schokolade, die etwas teurer war.

Die Kassiererin tippte die Preise händisch in die alte und recht klobige Kassa und teilte mir sachlich mit: „Das macht 55 Schilling!"

Mein Gesicht lief rot wie eine Tomate an und meine Hände begannen zu schwitzen. In meinen Händen hatte ich lediglich einen 50 Schillingschein, den ich der Kassiererin gab. - „Das ist zu wenig."

Oweh, was mache ich jetzt nur. Warum kann nicht meine Mama da sein?, waren meine Gedanken. Die Situation war mir sehr unangenehm.

„Wie viel Schilling fehlen?", erklang engelsgleich eine Stimme hinter mir. - „5 Schilling!", antwortete die Angestellte.

„Die zahle ich. Lassen sie das Kind gehen.", äußerte die freundliche Kundin.

Ich war sehr dankbar, konnte aber aus lauter Scham kein Wort sprechen und wollte nur mehr schleunigst heim. Es war das erste Mal, dass ich allein einkaufen war und dann passierte mir auch noch solch eine Blamage. Schnell lief ich nach Hause. Daheim erzählte ich alles meiner Mutter. Die Schoki war bald weg.

Parallelwelt-Tod

Wie kann sich die Welt weiterdrehen? Wie kann das funktionieren, wenn der Mensch, der mich auf diese Welt gebracht hat nicht mehr hier ist? Ich sperre die Türe auf und ziehe meine Stiefeln an, schlüpfe in meine Jacke und nehme meine Tasche. Tapse vorsichtig die Treppen hinunter und kann kaum die schwere Eingangstür öffnen. „Seit wann ist diese Türe so schwer?", denke ich und husche hinaus auf die Straße. Reges Treiben, als wäre nichts passiert. Für mich steht die Zeit still.

Alles ist anders. Nichts ist so wie es einmal war. Mir fallen so viele Erinnerungen ein, sie kommen mir so real vor, im Gegensatz zur Gegenwart. Das Hier und Jetzt spürt sich so surreal an. Ich muss in eine Parallelwelt gefallen sein! Es ist so, als würde die Welt mit meiner Mutter parallel existieren, die ohne sie überlappt sich mit der anderen Welt. Eine Zeitreisende bin ich, ich hüpfe zwischen diesen zwei Welten hin und her. Ständig. Von einer Minute auf die andere, nur durch die Kraft der Gedanken. Wie kann ich gehen ohne die Person, die es mir beibrachte? Langsam und vorsichtig spaziere ich die Straße hinunter, jeder Schritt kostet mich größte Konzentration und Überwindung. Mir kommt es so vor, als wäre der Untergrund nicht mehr stabil. Als würde er nachgeben, aber er trägt mich bis zur Bestattung. Ein Händedruck und ein höfliches und einfühlsames „Mein Beileid" vom Chef des Bestattungsunternehmen. „Wie oft er das wohl am Tag sagt?", frag ich mich. Für ihn seine tägliche Arbeit, für mich ein Weltensprung. Ich fühle mich wie eine Raumfahrerin. Eingepackt in Watte und auf einer fremden Welt, die ich so nicht kenne. Fremd und doch vertraut zugleich. Ich übergebe ihm den Zettel, den wir im Krankenhaus bekommen haben. Mehr habe ich nicht. Das ist alles, was er braucht. Alles in wenigen Buchstaben codiert auf einem weißem

Blatt Papier. Ein ganzes Schicksal auf einem Blatt Papier. Ich bin wieder baff. Jetzt ist es sie weit, ich organisiere das Begräbnis meiner Mutter. Gott sei Dank fühle ich mich sehr getragen von der täglichen Routine des Herrn S. Ob ich schon einen Termin weiß? Ob ich schon angerufen habe, bei der Pfarre? Ich verneinte mit einem Schütteln meines Kopfes und wundere mich überhaupt, dass ich es bis hierher auf diesen Stuhl geschafft habe. Rechts von mir sind in einem offenen Schauraum Särge, überall Urnen und vor mir Kärtchen.

„Wollen sie einen Sarg aussuchen?", vernehme ich ihn weit weg, obwohl er neben mir steht. „Wollen ist eine gute Frage", denke ich, ich muss wohl einen aussuchen.

Ich stand auf und wir gingen zwei Schritte in den Schauraum. Ich wollte etwas Helles, Freundliches und naturbelassen. Da gab es nur zwei und ich nahm den günstigeren und schöneren. "Grüner Loden", hieß das naturbelassene Holzmodel mit einem grünen

Band herum. Zufrieden und etwas erleichtert flog ich in meiner Raumkapsel nach Hause. Besuchte im Gedanken meine Mama bei den Sternen.

Mama auf an Kaffee

Nachdem meine Mutter gestorben war, zog ich wieder ins Elternhaus zurück. Es war im Dezember.

Ich saß im Wohnzimmer und las gerade in einem Buch, als die Glocke ein mechanisches "Rrrr" von sich gab. Schnell hüpfte ich auf und sprang die Stufen hinunter zur Eingangstür, drehte den Schlüssel im Schloss um und öffnete die Tür. Da erblickte ich zu meiner Verwunderung weder einen DHL Boten noch den Postträger, noch sonst irgendjemanden.

"Es war schlicht und einfach niemand da!", dachte ich mir und schaute die Straße hinunter. Alles war ruhig und kein Fußgänger in Sicht. Auch kein fahrendes Auto und auch kein Radfahrer.

„Komisch", kommentierte ich das Geschehen und machte eine Kehrtwendung. Ich verschloss hinter mir die Türe und lief die Stiegen hinauf, um im Wohnzimmer wieder meiner Beschäftigung, dem Lesen, nachzugehen. Plötzlich machte die Kaffeemaschine ein lautes Geräusch und ich vernahm, wie eine Flüssigkeit heruntertropfte.

Auch wieder seltsam dachte ich mir, aber nachdem ich frisch eingezogen war, dachte ich mir, das wird der Clean-Modus sein, der automatisch losgeht.

Nach einer guten Viertelstunde erschien mein Vater mit einer leeren Tasse neben mir und wanderte in Richtung Küche, um sich einen Kaffee vom Vollautomaten herunterzulassen.

„Sag mal, hast du dir einen Kaffee gemacht und vergessen eine Tasse darunter zu stellen?", erkundigt er sich rufend aus der Küche.

„Nein, aber ich habe gehört, dass die Kaffeemaschine von selbst losgegangen ist und dachte, es handelt sich um einen automatischen Reinigungsmodus.

„Das hat die Maschine nicht. Ich habe erst gestern die Maschine gewartet und sie gereinigt.

Von selbst macht sie das nicht.", erklärt mir mein Vater.

„Das ist eigenartig, weil die Klingel vorhin auch geläutet hat und keiner vor dem Haus war. Sag mal ist die kaputt? Macht sie das öfters?"

„Nein, nicht, dass ich wüsste.", entgegnete mir mein Vater.

„Okay, das ist ja spannend. Naja, wer weiß, vielleicht hat ja die Mama angeläutet und ist auf einen Kaffee vorbeigekommen.", äußerte ich.

"I geh meinen Kaffee trinken." war Papas Statement zu der Geschichte und verschwand wieder in seinem Computerzimmer.

Der freche Ministrant

Eine wundervolle Hochzeit soll es in der wunderschönen Hundertwasser-Kirche in Bärnbach werden. Trotz Corona soll sie stattfinden und die Kirche ist gefüllt. Das Brautpaar steht vorne beim Altar, um sich das Ja-Wort zu geben. Der Pfarrer packt während der Zeremonie plötzlich einen Regenschirm aus und will ihn dem Paar in die Hand drücken. Nina kennt die Braut vom gemeinsamen Studium und wundert sich: „Wos will der mit dem Regenschirm? Heit is der schenste Tag und die Sun heizt owa!"

„Wie sich auch das Wetter häufig ändert, ist auch eine Ehe immer wieder einmal einem Schlechtwetter ausgesetzt. Als Symbol dafür nehmt diesen Schirm und denkt daran, dass es auch schlechte Zeiten gibt. Manchmal ist es heiß, dann wiederum sehr kühl und dann ziehen regelrecht Gewitterwolken auf. Es beginnt zu regnen. "Dieser Schirm soll euch schützen!", hält der hiesige Pfarrer der wundervollen und einzigartigen Kirche seine Predigt. Nina denkt sich ihren Teil und hat mit dem katholischen Glauben nichts am Hut. Die Bräuche und die Rede sind ihr fremd. Sie findet das alles skurril.

Da kommt der Ministrant ins Spiel:

„Wo ist der Messbecher?", zischt der Pfarrer Richtung Ministrant. Die Grazerin dreht die Augen über und will flüstern, unterschätzt aber die Top-Akustik des Architekten: „Wo habt´s denn den Ministranten her? Der muss a Lehrling sein, so wenig wie der zambringt!"

Das Gesagte kommt doch lauter über ihre Lippen und die Worte hallen in der Barbarakirche nach. Die ganze Hochzeitsgesellschaft beginnt loszulachen. Jetzt bemerkt die junge Studentin erst, dass ihr Organ doch lauter war als gedacht und ist peinlich berührt. Super, wieder mal ins Fettnäpfchen gestiegen, denkt sie sich. Der Fauxpas bringt Leben in die Predigt und lockert die Stimmung. Die Braut muss ihr Lachen verkneifen und hat damit zu kämpfen, nicht lauthals loszubrüllen.

Etwas später begeben sie sich auf die nahegelegene Burg, um dort das Hochzeitsmahl einzunehmen. Plötzlich erscheint der tollpatschige Ministrant in Jogginghose, Turnschuhen und T-Shirt. Völlig unpassend!

"Der hätt sich schon umziehen können!", meckert Nina und ärgert sich über den ca. dreißigjährigen Mann. Normalerweise sind Ministranten ja junge Burschen. Dieser scheint jedoch schon lange dieses Amt - mehr schlecht als recht -auszuüben. Er schüttet sich fünf Bier in den Rachen und kommt zur Braut.

„Ned so vü essen, Frau Braut! Ned so schnell, sunst bekommst an Bauch!", weist er Anna lallend zurecht.

„Das ist ja eine Unverschämtheit!", denkt sich diese und muss sich zurückhalten. Schließlich ist es ja ihre Hochzeit und die soll sie auch in vollen Zügen genießen.

„I wü a Steirermusi und ned so a schaß Musi!",
skandiert der mittlerweile stark betrunkene
Kirchendiener.

„Jetzt schick i erm ham. Auf Wiedersehen!!",
schnauzt die Dame in Weiß den frechen, jungen
Mann an und verweist ihn der Feier.

Steirische Berggorillas

Wir nahmen in einem 6er Abteil Platz. Nacheinander schoben wir uns durch die Tür und flakten uns auf die ausziehbaren Polstersitze hin. Die drei Jungs 4, 8 und 10 Jahre alt und ich, die Nanny. Laut der ÖBB sollten wir in 2 Stunden und 26 Min. in den Grazer Hbf. einfahren. Wie eben gesagt, sollten wir.

Die Luft war zum Schneiden, der Schaffner warf einen kurzen Blick ins Abteil und meinte: „Die Kühlung ist leider nicht eingeschaltet, es sollte gleich kühler werden". Wie gesagt, es sollte kühler werden.

Wir rangen nach frischer Luft, deswegen öffneten wir unsere Tür. So gab es ein reges Treiben am Gang bis wir beim Semmering ankamen. Dort blieb der Zug stehen. „Liebe Fahrgäste es kommt zu einem kurzen Aufenthalt", rauschte es durch die

Lautsprecherbox, die oberhalb des Ausgangs unserer mobilen Sauna angebracht war. Nach wenigen Minuten fühlten wir uns wie Backhenderl in einem Backrohr. Wie ich die Bahn liebe!

Haben Sie schon einmal versucht, 3 sportliche Jungs mehr als 3,5 Stunden in Straßenbahn, Bus und Zug während einer Affenhitze bei Laune zu halten? - Gar nicht so einfach!

Wir waren durstig und schmorten in der Hitze in einen hermetisch-abgesperrten Metallkasten. Irgendwo am Semmering! Unsere Münder glichen einer Wüste.

„Wann sind wir endlich da?", erkundigte sich Leo.

„Warum dauert das so lange?", beschwerte sich Rudi. Jetzt meldete sich auch der älteste Bub zu Wort: „Was verstehen die unter einem kurzen Aufenthalt?", er stoppte die Zeit mit seiner Armbanduhr. Blitzschnell musste ich mir ein Ablenkungsmanöver einfallen lassen, um die Herrin über die drei Jungs zu bleiben. Die Jungs kannte ich gut und wenn ihnen fad wurde, war das ein Nährboden für Unfug.

„Vielleicht sehen wir steirische Berggorillas!", eröffnete ich mein neuestes, zoologisches Thema und drückte meinen Kopf an die Fensterscheibe. Meine Augen starrten in den dichten Wald. „Die sind sehr selten zu sehen!", ich versuchte besonders begeistert dreinzuschauen. Klein Leo kroch auf meinen Schoß und Rudi klebte mittlerweile ebenfalls an der Scheibe.

„Haben sie rote Augen?", wollte Rudi wissen. „Ich hab da hinten etwas leuchten gesehen", rief er erfreut. Das klappt doch besser als gedacht, waren meine Gedanken. Jetzt hab ich sie an der Angel. Nun konnte ich das Spiel beginnen lassen.

„Kann sein", antwortete ich dem Jungen. „So genau weiß man das nicht, man hat sie bisher nur ein paar Mal gesichtet. Es wird überhaupt darüber gemunkelt, ob sie existieren."

„Sind sie groß?", wollte Leo wissen. Steirische Berggorillas sind klein. Im Dschungel leben richtige Gorillas, die sind groß. Es gab einen Ruck und wir fuhren endlich weiter. Die Wälder zogen an uns vorbei und wir ließen den Semmering hinter uns.

„Es gibt gar keine steirischen Berggorillas. Stimmt's?", wollte Ferdi wissen. Nicht das ich wüsste, vielleicht gibt es sie ja doch!"

Steirische Gorillas sind keine gewöhnlichen Tiere, die Bananen lieben, sondern sie stehen merkwürdigerweise auf steirische Äpfel.

Sonja Kollegger

Ist diplomierte Kinder- und Sozialpädagogin, lebt in der Nähe von Graz. Sie ist am 25.08.1979 in Graz, nachdem sie eine Reise durch das All unternahm und sich spontan aus Sternenstaub auf einem fernen Fixstern materialisierte, im LKH im Schoss ihrer Mutter gelandet.

Das kreative Schaffen und Erschaffen bereitet der Sternengeborenen sehr viel Freude. Sie drückt sich in Wort und Schrift aus, aber auch gerne mit dem Pinsel auf der Leinwand.

Ehemalige Apfelstrudelshowbäckerin in Schönbrunn, wo sie Touristen mit ihrem steirischen Charme und einem süßen Stück Strudel verzauberte, ist zurzeit im Dienst der Stadt Graz in der Nachmittagsbetreuung tätig.